I0683090

casasolaeditores.com

ANUNCIO,
de NECESIDADES
y RAZONES

ISAAC SUAZO ERAZO

Anuncio, de Necesidades y Razones
D.R. Isaac Suazo Erazo ©
Primera edición Casasola Editores. 2012
Diseño e ilustración de portada Yankel Dickerman ©
Driagramación interior casasola editores ©

Casasola Editores
215 East Hill Rd. Brimfield MA. 01010
(413) 245-3289
Impreso en Estados Unidos.

ISBN: 978-0-9850825-7-4

info@casasolaeditores.com

ANUNCIO, de NECESIDADES y RAZONES

ISAAC SUAZO ERAZO

ÍNDICE

A mi madre,
a mi compañera,
a nuestra primogénita
y a todas las precursoras y precursores
de la Patria Grande.

NACIMIENTO

Mañana nacerá mi nieto! —gritó alegre el viejo Don Foncho a la gente que pasaba por su esquina—, el pobre no pidió venir al mundo y ni se imagina lo que le espera —remarcó sonriendo.

—Este Foncho si es pajero —dijo Lencho sin apartar la atención del viejo, escuchando perplejo sus palabras.

Lencho guardaba hacia Don Foncho un sentimiento mezclado con cariño e indiferencia, que al final y sin saberlo eran nada más que respeto. Desde que recuerda, había visto y escuchado aquel eterno animal del asfalto, en el mismo banco de la esquina, al lado del litro de aguardiente, que de manera desconocida nunca se terminaba. Al regresar de la escuela, Lencho se quedaba en la esquina para escuchar las palabras de Don Foncho, al que consideraban el hombre más famoso del barrio.

Ese día el cipote se escapó del centro escolar y reunió a sus amigos para jugar una partida de "boloncas", como ellos le decían a los mables. Al ir a recoger la suya al drenaje, Lencho se detuvo un par de segundos para escuchar al viejo. Fue tiempo suficiente para que el niño se turbara, como siempre, pero no por no comprender el mensaje del interlocutor, sino más bien, por tratar de vislumbrar cómo el viejo guarero llamaba la atención de las chicas del barrio, quienes al salir del colegio pasaban por allí, sólo para saludarlo y dejarse adular por el *rabo verde* —como muchas veces le gritara la madre de Lencho.

—Sí jovencitas —decía don Foncho—, mañana nacerá mi nieto, a quien considero un hijo más, porque es sangre de mi vástago, a quien no he vuelto a ver desde que se fue siguiendo la ruta del norte. La mujer ahí está en la casa, bien panzona como si fuera a reventar, ella dice que le faltan dos meses, pero yo estoy seguro que nacerá mañana. —Dijo apurando un traguito de la botella, sin terminar de pasarlo del todo por la garganta.

El hijo de Don Foncho era conocido como "El renacido", famoso en el barrio porque según decía "el cipote se prendió de unos cables pelados y quedó medio caliente por un par de horas; de no ser porque la bendita muerte no andaba cerca, mi niño se hubiera ido temprano de este mundo".

El renacido había emprendido el camino del mal llamado sueño americano, al darse cuenta que su compañera estaba esperando un bebé, del cual —según él— se haría responsable "a control remoto". Seis meses hacía que nadie en el barrio sabía de él, mucho menos Don Foncho, quien sufría por su ausencia. El Renacido era la única compañía de Don Foncho.

Lencho siguió observando como Don Foncho se desenvolvía con las chicas, a quienes —según él— el viejo les llevaba como setenta años. Que a su vez ellas le tendrían a él una diferencia de cinco o seis años, que para un niño de diez años era un puente entre la pubertad y la adolescencia.

Don Foncho siguió efusivo dictando su cátedra de vida, tratando el tema de la paternidad como si tuviera más de cien hijos o como si hubiera sido el mejor de los padres. De vez en cuando les tomaba las manos, mientras les atiborraba los sentidos con palabras dulces y con uno que otro beso en la mejilla, aconsejándolas sobre el hecho de ser solteras y del cómo deberían comportarse como madres.

Las chicas, llenas de elogios, se retiraron y Don Foncho se despidió, sentándose para esperar al siguiente grupo de personas, que no tardaron en aparecer pidiéndole bendición. Saludaron y también se retiraron como todos; mientras Lencho continuaba su partida de boloncas con los amigos del barrio.

—¡Hey, Don Foncho! —le gritó de lejos el profesor.

El viejo le respondió, no con menos algarabía:

—Vos hombre, desde que te hiciste maestro, vas de creído por eso del estatuto, vení para acá y contame como es la vida de los ricos.

Lencho, sin distraerse de los acontecimientos, siguió jugando y se agachó para pegarle a la bolonca del vecino.

—Mirá vos, por ahí me contaron que estabas haciendo plata, porque tenés como seis plazas —Adelantó Don Foncho.

—Para nada Don Foncho —negó el profesor, quien había estudiado magisterio siguiendo los pasos de sus hermanos, pero se había tardado como quince años en graduarse, que de un tiempo para acá, se le miraba ya con aires de altanero, con lujosos carros y vestimenta extravagante.

—Mirá mi amigo profesor, no sigás metiendo mano en esos asuntos, a mi no me engañas, ya sé que además de estar en la argolla magisterial, andás volando con "la otra venta", y te has ido colando para estar jodiendo los dineros del gremio; mirá, yo no fui profesor, pero sigo siendo más maestro que muchos, así que agarrá consejo de este viejo metiche, deja de hacer mandracadas, hombre.

El profesor sonrió sonrojado, volteando a ver a los lados por si algún vecino escuchaba la regañada que el viejo le propinaba, pero al ver que sólo Lencho y los demás cipotes estaban cerca, no vio ningún problema y dijo:

—Este viejo si es metido papa, no hombre amigo, si yo nada más estoy haciendo lo que todo mundo hace, no crea que todo esto no me lo he ganado, si para lograr algo es que se estudia —dijo señalando su camisa y propinándole sendas palmadas, casi groseras, al hombro del viejo.

Lencho se dio cuenta de todo, de las sonrisas hipócritas del profesor tratando de irse por la tangente, del engrosamiento de las venas del cuello de Don Foncho cuando le reclamaba el proceder al maestro, de las manos del profesor negando los hechos.

En medio de todo el "dime que te diré" el educador se despidió con la misma sonrisa burlona con que llegó y cuando pasó al lado de Lencho le dijo:

—Aja muchachito, verdad que te escapaste desde el recreo, ahora te voy a poner cero por faltar a las normas, ya vas a ver.

El cipote siguió con la mirada al profesor hasta perderlo de vista en la calle de enfrente. Él esperaba cada día el toque de salida para irse a la esquina (a veces salía antes) presintiendo que allí aprendería más, que de ese profesor.

Sin hacerse esperar mucho, llegó el turno de Doña Cleta, mujer considerada por todos en el barrio como *la dama de la vida alegre*; bulliciosa, con características histriónicas. Lencho se percataba cómo, alrededor de las tres de la tarde de cada día, ella pasaba por la esquina saludando al viejo y dejándole algo envuelto en un papel blanco, mismo que el viejo metía sin mirarlo, en el bolsillo de la camisa. Doña Cleta, tenía aproximadamente cincuenta años, vestía siempre falda corta, con medias por debajo, siempre llevaba pintarrajeada la cara y cada día olía a un perfume distinto. Se acercaba con talante de diva, con un cigarro a medio terminar para encender el siguiente sin ningún miramiento. Siempre cumplía la misma rutina, excepto los domingos. Los cipotes nunca la miraban regresar a su casa.

Ese día, la diva, al parecer no estaba de buen humor y le gritó:

—¡El negocio está malo estos días Foncho, ya no puedo ni pagar mi cuarto, y con esta deuda me tenés bien jodida, mirá que ahora tengo que caminar mas para rebuscarme, con la crisis ya todos los hombres están desempleados y no pagan, hasta he pensado en cambiarme de rubro y verme también con esas viejas de pisto!

El viejo se carcajeó con la naturalidad que lo caracterizaba y se sacó de la bolsa de la camisa el pequeño paquete, devolviéndoselo, no sin antes aclararle:

—Ahí me pagás cuando podás, lo que no quiero es que te quedés en la calle.

La señora le sonrió y le tomó la barba desaliñada que le reposaba en el pecho, halándosela y con evidente gesto de cariño comentó:

—Por eso es que te quiero mi viejo, ya sabes que siempre te puedo pagar con otras cosas. Pero, vos como que ya no funcionás ¿verdad? —le dijo, haciendo un ademan sensual.

El viejo sin ofenderse le respondió:

—Ay mijita, aquí hay material todavía para rato, lo que pasa es que a vos te estimo bastante, yo conocí a tu padre y te vi nacer, así que siempre te he visto como a mi hija.

Lencho observó como los personajes se miraban, cual si compartieran un secreto, los ojos de Doña Cleta se le llenaron de agua, mientras hacía de un lado a otro la cara del viejo, ayudada de la larga barba.

—Gracias viejito -prosiguió-. Nunca tendré como pagarte todo lo que has hecho por mí.

Y sin señalar más, voltió apurando el paso y disimulando las lágrimas que ya corrían por sus mejillas. El viejo quedó pensativo por un largo rato.

Don Foncho fue sacado de sus pensamientos por la voz grave del "Coronel", quien regresaba del turno de la noche anterior.

—¡Aja Don!

El Coronel era un hombre grande, con tez casi negra, que siempre vestía uniforme militar, con la insignia de sargento primero en los hombros. Estaba asignado a un batallón de infantería, los muchachos del barrio le temían por su fama de torturador.

—¡Aja muchacho¡ —Le dijo el viejo.

—¿Como estás? Ya viniste. ¿vos también andas sopapeando a la gente en las calles?

Terminando la frase, ambos rieron al unísono, cada uno dirigiendo el sentido de su risa hacia distintas direcciones ideológicas.

—No Don, a mi ya no me mandan a esos vergueos, pero si me enviaran tendría que cumplir con la orden, si eso es lo que he hecho toda mi vida.

El viejo inhaló una bocanada de aire y dejó salir la frase que Lencho le había escuchado decir tantas veces:

—Mirá Coronel, el pueblo ya está cansado de esta misma canallada, ya nadie le da *atol con el dedo*. Ya se sabe que hay que repartir el poder para que este país funcione. El pueblo es el único que puede decir qué cambiar y qué no: nadie más. Y por mucho que ustedes los golpeen en las calles, los agarren y los desaparezcan, ya las ideas y las acciones de cambio las tienen bien definidas, no hay para dónde mi coronel.

El coronel lo escuchó sin inmutarse y le contestó:

—Mire Don, eso de desaparecer gente y de esas cosas políticas yo no se nada, en el cuartel ni nos dejan ver las noticias y tampoco nos interesamos por saber qué pasa, nosotros sólo cumplimos órdenes, ¿usted sabe como es eso, verdad?

—Como no lo voy a saber mijo, si yo mismo fui chafa. Fue por esa razón que me quede faltista y me anduvieron persiguiendo como a un perro. Pero después me quedé allá en El Jute, yo creo que ni te han informado de esa comunidad famosa, entre las montañas de Comayagua y El Progreso, donde se acuerparon los del Cincho; la cosa es que allí aprendí a organizar a la gente y nos armamos junto a los del pueblo para impedir que nos llevaran de nuevo y para hacer unas cuantas *cositas más*, pero más que todo para tratar de sacar a los mismos del poder, parecido a lo que está pasando ahorita, Coronel. Como fuera, yo no iba a permitir que me lavaran el cerebro compita.

El coronel sabiendo para donde iba la línea del octogenario, cortó de una vez la plática, diciéndole:

—Mire Don, ahora estoy cansado, pero mañana estoy de franco, voy a traer un pollo asado para que almorcemos y sigamos con esto, ¿oyó?

—Está bien Coronel, mirá que mañana será un día especial, porque te cuento que mañana nacerá mi nieto.

Don Foncho se quedó con la frase en el aire, el Coronel ya se había ido. Los cipotes, cansados de aguantar el sol de la tarde detuvieron la partida, algunos se despidieron y los que se quedaron dieron la bienvenida a otros, quienes suplían los lugares en el triangulo de juego. Lencho era de los que nunca se marchaba, el viejo ya lo tenía como parte del inventario de la esquina, él sabia que el cipote siempre estaría allí jugando a todas horas.

Don Foncho detectó el interés que el muchacho ponía en las explicaciones que él pregonaba y mas de alguna vez alzó la voz para que el niño advirtiera la lección. "De ese muchacho se puede sacar a un tremendo revolucionario" —presentía.

El viejo observaba como los niños después de descansar rearmaron el juego, dibujando en el suelo un triangulo y poniendo adentro los mables; seguidamente arrojaban con destreza su "bolonca", la que colisionaba (o no) en las de adentro; las que lograban sacar del triangulo pasaban a ser propiedad del que atinaba.

En esas circunstancias estaba, cuando el viejo percibió a lo lejos un aroma dulce, era el olor de una loción ya olida otras veces, dirigió la mirada hacia atrás y vio venir a Roque, el cura del barrio.

Uno de los cipotes al detectar al padre, se levantó del polvo y se colocó al lado del viejo, escondiendo las manos en los bolsillos, como si se hubiera robado sus propios mables. Lencho se percató del rápido movimiento, quiso reclamarle algo, pero al verlo confundido y nervioso, decidió observar y no decir nada.

—Hola hijos, ¿cómo estáis? —saludó con acento andaluz, sacando una mano de la sotana, la cual era de un negro azulado, dejando más evidencia del corbatín blanco en medio del cuello.

El padre Roque, era un sevillano enviado a la parroquia de la comunidad desde hace un par de años. Para las señoras devotas del barrio, el cura tenia un aire intelectual, los que iban a la iglesia lo tenían como un hombre recto, de buenas intensiones y lo trataban con mucho respeto por lo sermones en contra de todos los gobiernos. Recién llegado, hasta Don Foncho lo iba a escuchar, pero después de un tiempo el viejo se dio cuenta, que algo raro le miraba al padrecito. Quién sabe cómo consiguió información con la monja de la Parroquia, quien le dijo que habían rumores, que el padre había sido acusado en su país por abusar de varios infantes en la escuela que dirigía, pero que al no probarle nada, decidieron sacarlo de allí. Todo, hasta ese momento, estaba sujeto a confirmación, pero con la actitud que vio en el niño se dio cuenta que no necesitaba más que confirmar.

—Aja curita ¿como anda? -le atajó la mano, agarrándosela con fuerza y sin soltársela le dijo: —por ahí me he dado cuenta de algunas cosas, no vaya a creer padrecito que aquí no hay quien defienda a estos cipotes, mejor vaya haciendo un hueco en esta comunidad y deje de molestar, que si me llego a dar cuenta que sigue en los mismos trotes, voy a olvidar que alguna vez fui sacristán.

El cura no supo mediar palabra y con evidente gesto de espanto, sonrió para adentro y logró zafarse de la tenaza carnal que le apretaba la mano. El cura se marchó casi corriendo de la esquina. Don Foncho, lo vio marcharse, no sin lanzarle en la espalda una última frase: —usted es nada más que la confirmación de una iglesia corrupta, llena de dogmas sin sentido, que por siglos no ha hecho más que joder a la gente. ¿Qué estaría diciendo el señor Jesús ahorita mismo?

Los niños se quedaron asustados por lo ocurrido, viéndole la cara de enojo al viejo, nadie dijo nada. El niño al lado de su defensor se logró recuperar y emprender veloz carrera quién sabe a dónde. Un poco desconcertados, los que quedaron, decidieron continuar el juego.

Ese día, Lencho escuchó por primera vez la palabra *dogma*.

Pasaban las horas y la tarde avanzaba, los niños se habían cansado de jugar y ya se habían marchado del lugar. Pero Lencho continuaba junto a Don Foncho, estaba sentado viéndole dormir la siesta. El niño pensaba en cómo una panza puede llegar a estar tan inflada y cómo es que los pelos del pecho también se ponen blancos. En esos pensamientos estaba cuando llegó la mujer del *Renacido*.

—¡Miralo ahí fondeado como cualquier bolo y yo en la casa casi criando, aseando y poniéndole los frijoles en la hoya, que bonito!

Don Foncho con los ojos cerrados le respondió con toda delicadeza:

—No jodás vos, si la que va a parir mañana sos vos, yo no te tengo pendiente de mi, yo me puedo fondear donde sea, así que mama, mejor andá acóstate que ya te va a llegar la hora.

–Este viejo si que´s burro -le insistió la nuera-, usted no entiende que tengo nada mas siete meses. Mejor me voy en vez de estar alegando con usted.

La muchacha se fue a su casa, que estaba como a diez pasos de la esquina, con la mano en la espalda, murmurando algo entre dientes.

La ahora nuera y compañera de Don Foncho, vino del sur del país, llegó al barrio como nueva vecina, buscando mejores oportunidades. No era muy buena para los estudios, pero sí para trabajar y fue lo que hizo de casa en casa: se dedicó a hacer oficios domésticos, hasta que llegó a la casa del viejo *rabo verde* -y allí todos se imaginaron lo que iba a acontecer. Como dicen los vecinos: "Ni ellos mismos saben a ciencia cierta de quién es el nuevo retoño".

Como sea, la muchacha se lo otorgó al Renacido, siguiendo los patrones culturales aprendidos en su pueblo, que donde hay nuevo y viejo, vale más el nuevo.

Don Foncho se sobrepuso del sueño, volteó a ver a Lencho, y le dijo:

–Mijo ¿vos no tenés nada que hacer en tu casa? te la pasás todo el tiempo en esta esquina, pelando los ojos y parando las orejas como gato, igual que yo, pero a mi se me puede pasar porque yo estoy de salida, pero vos estas jovencito, hombre. Andá a hacer las tareas o ayudar a tu mamá y no perdás el tiempo andando de vago, no jodás.

Y continuó interpelándolo, pero el niño hacía ya algunos minutos había extrapolado su mente a cosas más importantes para él, que las que el viejo vociferaba. Pensaba, al mismo tiempo que lo miraba:

−¿Cómo es posible que a uno le crezcan pelos en los hoyos de la nariz y en las orejas. Cómo es posible que uno se orine en lo pantalones sin que se de cuenta y además, qué es eso de dormirse en cualquier lugar que a uno le de sueño?

De a poco volvió del autointerrogatorio y escuchó al viejo decir algo sobre la muerte. Al intentar captar la última frase no logró descifrarla en su totalidad, aunque creyó escuchar: "mirá que la realidad es a pesar de nosotros".

El jovencito sin darle mayor importancia, se levantó de la acera y se dispuso a caminar hacia su casa.

−De todos modos ya nadie se acercó y mi mamá no tarda en venir del trabajo, así que calabaza... −Se dijo.

El viejo lo llamó de nuevo y en tono de abuelo le dijo:

−Mirá mijo, todo lo que ves y escuchás en esta esquina, tiene que quedar en esta esquina, confío en que aprendás y que todo lo que escuchás lo podas poner en práctica, todo para llegar a ser mejor persona, más que un montón de gente que anda por acá, que se las tira de honrado.

El niño asintió como si de un fenómeno extra natural se tratara.

−Vení, te voy a contar otro secreto −continuó Don Foncho−. Pero primero echate un trago de mi botella.

El niño sorprendido se negó, contestándole que no le gustaba el sabor del aguardiente. Pero utilizando la sabiduría de los años, el viejo lo convenció de mojarse los labios. El niño volteó hacia arriba y abajo para ver que nadie lo estuviera divisando en su pequeña aventura. Empinó un poco la botella, dando un sorbo y arrugando de antemano las facciones; pero con gesto de sorpresa volvió a probarlo, ahora apurando con mayor alcance la bebida y escupiendo el líquido, decepcionado por lo descubierto.

—¡Esto es agua, Don Foncho! —le increpó.

El viejo se carcajeó, agarrándose el fajón del pantalón para que no se le cayera.

—¡Claro que es agua, esta botella que ves acá y que todo mundo cree que tiene guaro, tiene agua mijo, agua!

El niño observó como Don Foncho se ponía colorado mientras reía a carcajadas. Sin comprenderlo, ni percatarse de lo que sucedía, lo miró hasta llegar a contagiarse de su risa. No será hasta siete años después que Lencho descubriría el verdadero trasfondo en el cual el viejo se había enfrascado y para entonces don Foncho estaría en otra vida. En ese momento, el niño nada más se dedicaría a seguirle el juego, reírse y escuchar al mismo tiempo las explicaciones entrecortadas por las carcajadas.

—Yo dejé de beber guaro hace como cuarenta años. No le he dicho nada a nadie y me hago el bolo porque así la gente se queda para hablar conmigo y de vez en cuando me pasa dinero para la comida, nada más para eso. ¿No te parece increíble que nadie se haya dado cuenta? La única que sabía el secreto es la Cleta y ahora vos. —Se jactó el viejo, mientras los dos reían dejando salir cada uno su propia voz.

Ese día, en ese atardecer, en medio de risas, sin darse cuenta, ambos personajes unieron más sus vidas, brindándose el uno al otro, el viejo depositando sus secretos, sus ideas, su modus vivendi y el cipote haciéndose cargo de todo. Sin percatarse estaban sellando un pacto, que entrelazaba no sólo a las dos personas allí paradas, sino también a las generaciones que representaban. Sin enterarse habían concebido un nuevo ente, lo habían llevado hasta el parto y allí nacería. El antes había tomado forma y en ese ahora se llamaba *Lealtad*.

Tal como empezaron a reír, así mismo se callaron, disfrutando del silencio entre los dos y orgullosos de sus posesiones. El niño se alzó del banco, vio al viejo y antes de marcharse se despidió.

El viejo levantó la vista al cielo, hacia esa primera estrella de la noche y exclamó: −¡Jay papa, mañana conoceré a mi nieto!

RADICALMENTE
ECLÉCTICOS

Existirán algún día los *socitcelce*.
Se unirán hermanándose como amigos,
amistándose.
Harán hablar al mundo,
cuando el mundo esté quedando mudo
y no pueda expresarse.
Sabrán muchas cosas.
Serán alumnos y maestros de sí mismos.
Tomarán de los demás ideas a medias,
mutiladas,
evolucionadas,
mutadas en algún ser vivo.
Ésta será su fórmula:
                                    captar lo básico.
Tomarán pequeños fragmentos
que harán converger en prácticas delirantes.
No centralizarán su mente,
la abrirán,
la llevarán a la periferia.
No llenarán su posición de absurdos,
ni de pirámides de modas pasajeras.
Serán radicales,
en un sentido no inventado.
Se parecerán cada vez más a su origen.
Compartirán todo, como un acto de fe,
para darle paso
al hecho de darse.
El producto de su unión huirá de lo banal,

se hará sentido común.
Flotará con alas cargadas de motivos.
La verdadera muerte vendrá a sus vidas,
sin controlar lo que les toca;
La vida será *el porvenir*,
y el porvenir nunca llegará.
Se dedicarán a vivir.
Tendrán equilibrio en el pertenecer;
las pertenencias no serán suyas
y lo tuyo no les pertenecerá.
El ser parte de algo no colmará sus mentes.
Lo suyo será el interior,
la idea, el sonido, la ruta, el amor.
Sembrarán amor en el campo,
el campo será generoso.
Impedirán que la nieve vuelva piedras sus semillas.
Por la noche todos juntos silbarán:
ellos, la intención, el campo, la cosecha.

Abrirán puertas,
cuando logren ser convergencia
renacerán,
fundarán una constelación,
encenderán y volverán a empezar.
Captando siempre lo básico.

CARTA
INTRAUTERINA

Después que mis madres y mis abuelitas, han indagado significados y relacionado nombres para mí, luego de una larga y continua reunión de siete meses. Sin imaginarme que sería tan complicado, el Doctor Chepe nos arrojó un noventa porciento de probabilidades de que soy una niña, como si todo este tiempo yo no lo hubiera sabido. Después de todo eso, por fin llegaron a darme un nombre en particular, que reúne toda la energía y luz del cosmos.

Mi primer nombre inicia con el sonido en español de la letra "Y" mas una vocal, es de origen hebreo y significa regalo del creador del universo. Situación que está de más explicar, pero haciendo acotaciones extras y modestia aparte, puedo asegurar que a esa energía creadora, le estarán eternamente agradecidos por este prestamito.

Siguiendo la tradición catracha de dar un segundo nombre, el mío inicia con la "A", el cual según me explican mis madres se debe, a que siempre les ha gustado un cuento de un tal *Luis Carrol*, en el cual la personaje es mas que tenáz, llena de vida, amor y alegría, cualidades que desde ahora veo que poseo. Allí se le presentan a la protagonista, preguntas y respuestas trascendentales de la vida y que según dice mi mamá, acomete los sistemas sociales de manera divertida y metafórica; temática que al final son fiel reflejo de la vida en nuestro mundo y que en determinado momento yo también tendré que acometer.

Mi mamá dice que al nombre le dan diferentes orígenes, uno de ellos es germano que significa noble de cuna, y es una variante de Alejo, Alex o Alexis en masculino, como mi abuelito, o Alejandra en femenino, como el de mi tía y mi primita mayor. Además, mi nombre también es el segundo de ese gran personaje de cuento real y del que me han hablado tanto, llamado *Arco Iris*.

Y si esto fuera poco, en un día de esos que mi papá creía que no iba a suceder nada, pasó una idea y nos regaló lo siguiente: haciendo malabares con los nombres y dibujando quien sabe que cosas, mi papá observó que utilizando algunas letras de mí nombre se podía formar el nombre de mi mamá, y por otro lado combinándolo también se podía formar el suyo; miren que hasta en el nombre tengo parte de ellos. Al final de esto mis madres se dieron cuenta que su dilema se diluía.

–Mejor que el azar se encargue de resolver nuestras dificultades –escuché decir a mi padre.

Y ahora quien sabe con que cosas más nos podremos encontrar si las cábalas y anagramas nos dejan esculcar; porque así como dicen de donde vengo: "el destino actúa de maneras misteriosas".

Lo que me falta contarles, es que hoy escuché a mi padre allá afuera decir: –Esperemos que el mismo destino se encargue de ponerle significado a su nombre.

Aunque esto último no lo entendí, al parecer mientras eso pase, me llamaré Janis Alicia.

PECAR
ES VIVIR

Padre, me exigieron que me confesara,
no sé porqué, pero si no reprobaré.
Sor Juana dijo que le hablara,
entonces mis deslices le contaré.

El borrador de mi compañero robé,
es que el mío no es igual;
cuando vuelva al aula lo devolveré,
ojalá usted perdone ese mal.

Ayer le mentí a mi madre,
le dije que había ido a la escuela.
y fui con mi compadre,
en la calle a jugar rayuela.

Cuando jugamos futbolito
quiero ser mejor que Omar,
a él siempre lo meten al equipo,
me gustaría ser el titular.

Mi abuelo me compró una pistolita,
con esa mate tres veces al chelito.
¿Es malo jugar a la guerrita?
matamos, morimos, nos levantamos rapidito.

Hoy fui con mi mamá al mercado,
un niño en la calle nos pidió un peso.
Su madre no estaba al lado.
No le dimos nada, ¿es malo eso?

Me gusta mucho una chiquilla,
juntos nos ponemos extraños.
Nos vemos arriba, en la capilla,
Padre, lo que veo cuando sube los peldaños.

Puedo consultarle además,
¿es malo que me guste mi maestra?
Cuándo me confieso, puedo mentir más.
Dios también se confiesa en la palestra.

¡Que sopapo me ha pegado¡
"Las leyes no serán criticadas".
A pesar de que ya estoy enterado,
no debemos seguir con cipotadas.

Los puristas también vienen,
Sus caras le solapan las musarañas.
No subestimen, no nos detienen,
Ni crean que su dios desenreda telarañas.

¡Ay, Padre que coscorrón me ha dado¡
Habré pecado.
Según usted seré curado.
Nunca es mejor quedarme callado.

Mejor hasta aquí llega mi confesión.
Gracias Padre, no pienso que me ha perdonado.
Ya me gané la calificación,
y por hoy, los *disque* pecados se me han terminado.

Amén.

CUADRÍCULA
DE UN DÍA

Mi nombre, aunque no importe mucho, es Cuadrulio Capilla, mis amigos y enemigos me dicen <<¡Ey vos!>>. Yo todavía no entiendo porqué se burlan de mi gracia, como dicen, no hay esfuerzo que no traiga recompensa. Y es que a mi madre, según me dice, le costó mucho ponerme ese nombre, tomando en cuenta que lo único que tenía en el cuarto donde me tuvo era un cuadro de Julio Iglesias. Aunque yo no se lo menciono, porque ya sé cómo es, siempre he querido saber qué la inspiró para darme ese nombre.

Mi vida es como la de cualquier obrero o campesino, la diferencia está que no trabajo, ni vivo en el campo; tengo la edad suficiente para aprender y me dedico a eso. Sin menospreciar a la escuela, les cuento que nunca asistí. Lo poco que sé, la calle me lo ha enseñado. Pisando aceras y escalones aprendí a leer y escribir y a eso me dedico, aunque no he dado a conocer nada porque todo lo que empiezo lo dejo *a medio palo*. Ahora me propuse empezar de nuevo, aprovechando la oportunidad que ustedes me dan. Voy a empezar diciendo que hoy es un día como cualquiera, que me levanté temprano y que todavía no me ha pasado nada como de costumbre, por eso les voy a contar lo que ayer le ocurrió a mi amigo Nando, el de doña Lanis, la de la posta del Cortijo, donde su servidor se crió.

Me contó que ahí estaba él, dormido en su catre, soñando quien sabe qué cosa, hasta que el cerebro de su retrasado amigo Joña le ordenó a la mano derecha, que propinara varios golpes a la madera de donde vive, haciendo escuchar varias veces ese desagradable sonido. Un brusco despertar le obligó a no tener una ubicación coherente por varios segundos, al conectársele los circuitos se repuso, pero no del todo; y no sabe como abrió la puerta y dio entrada a sus visitantes. Con todas las características de un acabadito de levantarse se encontró obligado a escuchar a sus amigos. Pues resultaba que había olvidado la promesa que les hizo a Tano y a Joña la noche anterior, la cual consistía en que les iba ayudar a pijiar a un fulano estudiante del Central que le había molestado la cipota a Tano.

Lleno de mal humor se puso la camisa de la semana lo mas rápido que pudo, se miró en el pedazo de espejo unas treinta veces para convencerse que estaba bien -y que por cierto no lo logró-.

Cargando con su habitual presentación se dirigieron al *Central*, colegio donde la mayoría de mis aleros han estudiado, al llegar los tres quedaron sorprendidos, y mas Tano, cuando vio que su cipota tenía por el cuello al fulano y le propinaba sendos picos en el cachete. Tano no aguantó la cólera y se lanzó corriendo hacia ellos, con la intensión de descargar su furia, sin darse cuenta que a la vuelta de la esquina estaban los amigos del fulano.

Mis aleros se escondieron detrás de un muro, mientras observaban la pateada que unos diez individuos le daban a su colega. Uno de los individuos logró localizarlos y emprendieron la tarea de seguirlos. Pero era demasiado tarde, mi amigo Nando y Joña ya estaban subidos en un camión de la *coca* y no los pudieron alcanzar, después se darían cuanta que Tano estaba en el Hospital Escuela con una pata quebrada.

Al Nando siempre le pasan cosas bien chistosas, por eso me llega platicar con él, es que saco un montón de cuentos de lo que me dice. Para que miren que no es paja, también me dijo que el chofer del camión al que se subieron por poco los mata, no ven que andaba bolo y se subía a las aceras cada vez que doblaba en las esquinas. Es por eso que cuando me contó todo esto estaba palidito de la cagazón.

Pero la historia sigue, todavía eran las doce del mediodía y los dos ya en el centro de la ciudad no tenían qué comer.

—Maldita la hora en que se le vino a Joña esa idea -me dijo Nando.

Resulta que Joña sabía que su tía, la que vendía baleadas en el mercado Los Dolores, se iba a las doce a dejarle comida a su marido y dejaba encargada a su prima la Zoila, la que le daba fiado todo lo que le pidiera. Pues dicho y hecho, llegaron y se comieron las baleadas que quisieron y al terminar la Zoila se acercó a Nando como con ganas de tirarle el hule. Joña no se dio cuenta porque se había ido a pajiar a otra chava. Mi amigo ni corto ni perezoso se dio a la tarea de no quedarle mal y al calor del fogón se le paso el tiempo. Fue cuando se dio cuenta que la mamá de la cipota estaba abriendo la puerta del negocio. Apresurados comenzaron a recoger la ropa para ponérsela, pero él no se fijó que se había puesto la camiseta de la Zoila. Salió disimulando como si nada pasaba, pero la señora es larga y también formada en la calle. Si yo la conocí cuando tenía un puesto en Belén, no me pregunten que andaba haciendo yo allí, por favor.

Ella supo de inmediato de qué se trataba y le cortó el paso, armada con una chancleta y una escoba. Comenzó a darle de pijazos, que hubiera preferido que lo agarraran los cipotes del Central. Al final le tocó prometerle que no se volvería acercar a la Zoila y que le iba a pagar todas las baleadas que le debían. No le quedó de otra que pedirle dinero a su hermano, que es cobrador de los buses de la universidad, con eso regresó a pagarle a la señora y se volvió para su casa. A todo esto el tal Joña ni se asomaba.

Llegó a su casa tratando de ignorar lo acontecido y recordó que en la noche tenia cita con Rosita, según él, la cipota de sus sueños. Ella lo había invitado al cine, aunque nunca se habían visto, solamente habían hablado por el teléfono público. Y es que por las noches, Nando invertía las monedas ahorradas, en el teléfono de la esquina, llamando a la tal Rosita.

Se imaginaba en el cine junto a Rosa, tocándole los pech.. ejemm umm… perdón, rozándole las manos y llenándola de picos. Una fuerte sacudida de hombros le sacaría de su sueño y lo haría ver que estaba en su chola y por si esto fuera poco, ver la cara de maje de su amigo Joña sonriéndole. Una vez mas su colega de calle lo devolvería a la realidad usando sus rústicos métodos. Seguidamente todo su cuarto se lleno de amigos, quienes pasaron lo que quedaba de la tarde burlándose de la pijiada de la mañana.

La hora se acercaba y ya estaba todo listo, vestía sus mejores galas y la confianza llenaba su mente. Caminaba por la acera oliendo al perfume de su hermano y tirándoles piropos a todas la chavas que se encontraba. Esa tenia que ser su actitud, siempre la de un *man* seguro. Poco tiempo después, nervioso por la espera, se comía las uñas de las manos y de haber estado chuña se habría comido las de los pies, pero la chava nunca llegaba. Pensando estaba, en lo tonto que parecería si se viera en el espejo, cuando de repente vio asomarse por la esquina de los *jog dogs* a dos mujeres que se dirigían hacia él. Al ver detenidamente por tercera vez, se percató que sólo era una mujer. Todo pasó como en cámara lenta, como en las películas, mientras observaba venir a todo aquello. Era como un cerro, grande y gorda, vestía una falda floreada hasta las rodillas que le dejaban ver las piernas con los canutos cortados hace tres días y sin diferenciársele los tobillos, con una camiseta amarilla ajustada, incapaz de contener tanta abundancia, usaba además unas sandalias rosadas, dejándole ver los dedos regordetes de cada pie fuera de las chancletas y como que acababa de comerse un *jog dog*, porque se le miraba residuos de mostaza en los extremos de la boca.

—Buenas, ¿usted es Nando? -le preguntó mientras le cerraba el ojo izquierdo.

A mi pobre amigo, según me cuenta, le costó emparentar la voz por la que tantas veces había sido seducido, con aquella masa de piel enfrente suyo.

No supo qué responder al instante, pero ya en el barco no podía decir que no, tampoco mi amigo es de esos que se acobardan en las crisis, pueda que a los vergazos sí, pero con las chavas no. Y no le quedó de otra que hacerle *güevos*.

Me contó que anduvieron por toda la peatonal agarraditos de la mano, como si se conocieran de hace tiempos. Al parecer la chava era de bolas y le invitó a todo lo que quiso, hasta le regaló un par de tenis de una tienda reconocida. Mi alero dice que piensa seguir con ella, tal vez la aguanta porque es recelosa, pero al hablar con ella se le nota que tiene un gran corazón.

Para que miren las aventuras de mi amigo Nando. Después de todo el día no había sido tan malo, se acostó pensando. Mi alero aprendió algo más de lo que la vida le tiene preparado.

Yo, pues ahora me dedicaré a escribir más de lo que él me cuenta, pero aquí me quedo por hoy, mañana me dispongo a iniciar otra historia. Cuando averigüe, tal vez escriba de cómo y porqué mi madre me clavo el nombre de Cuadrulio Capilla.

ANUNCIO DE NECESIDADES Y RAZONES DE UN AMIGO IMAGINARIO.

PARA UN SEÑOR AUTODECLARADO COMO DE ALTA ALCURNIA

(AL FNRP)

Vuelvo, con la mente recargada y las baterías puestas,
con los oídos listos para escucharte
y mi mejilla descubierta.
Vuelvo, con el alma de los mártires acompañándome,
dando voces de necedad,
                                    nunca de ambigüedad.

Vuelvo, con la pluma a tope de tinta para escribirte
eso que vos llamas material subversivo,
-para que me vayas entendiendo-.
Vuelvo, con las ideas más claras,
pero también con los pies más callosos.

Retorno, sí, ahora con muchas mas razones.
Vuelvo, lleno de energía.
Las cosas no han terminado
y las nimiedades se me tornaron alérgicas.

Vuelvo, con el corazón en el puño.
Con las venas desiertas
por las heridas abiertas.
Con las luchas a cuestas,

Vuelvo, pletórico de emociones,
gracias a vos,
que es lo único que podría agradecerte.

Vuelvo por vos, por ellas, por ellos, por mí.
Vuelvo, para encerrarte aunque no sea de cárcel.
Vuelvo para teñirte aunque no sea de negro.
Vuelvo para amarrarte, aunque sea la lengua.
Vuelvo para avisarte, que aquí esta el Pueblo.
Vuelvo, pero si creíste que alguna vez me fui
es porque todo este tiempo, nunca viste a tu lado.

MISIVA DE AMOR
EN MOMENTOS DE CRISIS

Querida mía, por estas latitudes otra vez está lloviendo y hace frío. La primavera se asomó a decir *hola*, volteó y no volvió. Algo me dice que se encuentra junto al verano tomando sol y muriéndose de calor, a la vez se ríe porque el invierno ha trabajado de más. Los cambios bruscos de clima han hecho mella en mí, estoy recuperándome de la gripe y del mal de estomago, he comido poco para no pasarme; la fiebre se cansó de hacerme soñar cosas raras y el dolor regresa cada vez que se le antoja. Ahora lucho por dejar depositado algo, pero esta vez las cosas no han salido nada bien; pero no te preocupés, no hay mal que por bien no venga, con esto hoy no invite al dios *Baco*, lo último dice mucho de la presente carta.

La resaca llegó y me ha obligado a pensar en mi estancia lejos de casa, lejos de vos y con honor a la verdad me ha sido muy fructífero; me enteré que enterarse es darse cuenta que no sabemos nada, por eso ahora hago todo lo pertinente. Junto a esto sé de un montón de cosas, por ejemplo: me di cuenta que cada vez escribo peor de mi puño y letra, pero que puedo esperar si mi amiga la portátil no me deja ir sólo, ni al sanitario. Me di cuenta que aquí un paraguas es un objeto muy valioso porque ya me han robado tres; ojalá hubiera podido darle gracias al ladrón de esta mañana, por provocarme ser mojado por esa maravillosa tormenta matinal.

Este día gris dio cuenta que el sentimiento de añoranza llega cuando menos lo esperás, pero sobre todo... siempre; como podés imaginarte no puedo hacerme el disimulado, además de extrañarte, extraño todo lo demás.

Pero sin duda y a pesar de esta continua nostalgia, la vida me ha dado buenas noticias, una de ellas es que encontré un amigo más, hace tiempo la vida no me regalaba uno. Ahora ya son cinco. Es importante reconocer que la amistad crece en cualquier árbol, eso se dice por estas tierras, que el árbol crece en cualquier suelo fértil, pero cualquier suelo sin abono, probablemente no sea fértil; aprendí que por lo menos debemos procurar ser abono, ese que con sus propiedades hace que de la tierra salga vida; así alcanzaremos ser parte de una verdadera amistad.

Ya sea solo o con mis cinco amigos, he visitado muchos lugares, a pesar que hoy en día, hasta el viajar se paga. He estado con gente famosa e intelectual, eso dicen ellos, pero falsean la verdad y les hiede la boca cuando hablan. Seguramente más de una vez tuvieron que recurrir a su madre cuando les daba fiebre. Bajo los ojos de una misma vida no hay mortal que se escape de vivirla. Todos somos iguales, osamos creer que "el saber o el dinero algún día compraran el cielo", que no hay nada que el dinero no compre. Todo esto nos llevará a poseer, pero a nada mas.

Y ahora hablando de posesiones, espero que las únicas que me lleve cuando parta, sean mis escritos, los cuales han sido materializados gracias a la distancia, a la pertenencia y a la tecnología. Si, también a esto último, con esto me di cuenta que de un continente a otro la distancia es larga, pero la diosa tecnología la acorta. Ahora hasta un simple aliento puede ser embotellado, trasportado y abierto para ser olido en cualquier parte del mundo. Lamentablemente, cada vez más la tecnología está tomando cara de empresario, de editor de libros o peor aún, de político neoliberal.

Dicen que esta decadente y miserable *generación robótica* de la actual oligarquía, acaparará los puestos de trabajo a los hombres y mujeres menos cualificados; ellos, por tener alta educación formal y saber hablar ingles o chino, comprar en Miami y demás arrebatos, dicen merecer más que otros. Ahora mismo, en nuestro país, miles de personas trabajan en transnacionales por un sueldo miserable, encima son explotadas o echados con burdos pretextos. Cuando la humanidad, históricamente hablando, siempre ha tenido que comer, siempre ha tenido casa donde meter a sus hijos, ha trabajado para vivir y no al contrario. En este momento el gran capital obliga a trabajar a la gente como esclavos, los que a su vez consideran que debe ser así, ya que de está manera podrán comprar, sin saber que ya les pertenece por derecho… la comida. Como siempre se ha dicho: "Las verdades con pan son buenas", pero hay verdades que por mucho que coma pan, no me pasan.

Ahora que toqué el tema de la comida, te participo que un día de esos giré la vista al mar y me di cuenta que los pescadores son asesinos de peces y yo contribuyo a tal hecho comiéndome lo que matan. Imaginé siendo cazado, cortado y cocinado por un ser más grande, el que se disculpaba diciéndome: "lo

siento pequeño humano, así es la cadena alimenticia"
(ahora que lo menciono, ese ser tenia cara de con-
gresista).

Me di cuenta que un buen hondureño o buena
hondureña debe saber hacer tortillas, que los frijoles
no son una comida universal, esto es muy raro, son
tan sabrosos que aun no estoy totalmente convenci-
do. Nuestros antepasados seguramente sabían lo que
hacían cuando veneraban al maíz y a la tierra.

Todavía existen aún mas cosas que hacen a la vida
apabullantemente hermosa. Como no recordar la
delicada timidez de los niños tolupanes en la mon-
taña de la flor, acercándose para darme una tortilla
con sal, escuchar el ímpetu de los gatos en celo, el
que mi madre me bese cuando finjo estar dormido, el
subir al mirador de Sacromonte y ver que aun queda
cielo arriba de *La Alhambra*, asomarme a la Cibeles
y ver que hay monedas de deseos dentro, ver el mar
mediterráneo enojado, sentir a la Sevilla caliente,
llena de humedad diciéndome aquí sigue el oro de tu
tierra. Recuerdo que así de hermoso es ver a nuestra
Tegus desde el cristo del Picacho, aunque ese mismo
cristo sirva para recordar la hipocresía de la iglesia,
sus guerras, su indiferencia. Recuerdo al dueño del
anillo que besan y me dan ganas de volver al baño,
cada vez que escucho su arenga, dando gritos a los
cuatro vientos que todos somos iguales, cuando al
mismo tiempo sus acciones dicen: *"pero hay unos mas
iguales que otros"*. ¿Hasta cuando?

A los hondureños nos han enseñado a callar, pero
no para siempre. Ahora se me vienen a la mente los
campesinos de tierra adentro, aparentemente sumisos
ante el terrateniente, esperando la venida de cristo

para borrar de una vez por todas ese sufrimiento... te repito, aparentemente. No vayamos a creer que porque las piedras aún no hablan, carecen de acción y testimonio.

Siempre existen cosas que estoy seguro dibujan una sonrisa en tu rostro igual que en el mío, recuerdo cuando una botella de vino antecedía a un arrebato de histérica lujuria. O aquella vez que ayudados por el *verde vida* nos burlábamos de nosotros mismos. Cómo no recordar aquella noche de lluvia, cuando el tiempo se detuvo en la media noche, sólo para vernos dar un abrazo de sincera reconciliación.

En medio de estos magníficos recuerdos e impagable felicidad, no hay que perder de vista que en otro lugar, en ese mismo momento, en una esquina habían varios niños tiritando del frío provocado por la misma lluvia que a todos nos mojaba, algún fusil verde olivo apuntaba a un corazón que pedía clemencia, en este mismo instante, alguien se burlaba del otro, por pensar distinto a él... Todo esto nos persigue y lo seguirán haciendo por el resto de nuestras vidas, solamente para cambiarlas con la Revolución.

Algo más que hace la vida en mí, es darme cuenta que te amo, aunque esto yo lo sabía, necesitaba que mi egoísmo se uniera al sentimiento. Me di cuenta que decirlo, honestamente, se vuelve un hábito; pero que al sentirlo de verdad, imagino que me sentís, que me uno a vos, así la expresión llega más fuerte, expedita a través del océano -momento que aprovecho para desdibujarme y reinventarme-. Reabro los pensamientos y ya nada me es indiferente, me cobijo en los recuerdos; te abrazo y beso mientras el tiempo se vuelve a estacionar, esperando que hayan más tiempos estcionados alrededor del mundo. Ahora nada es para siempre, especialmente miserias, injusticias, barbaries, golpes, agonías, ni represión; ahora es cuando las distancias se acortan y el hecho de darme cuenta del universo, sirve de algo.

Posdata:

Me acabás de sorprender escribiéndote, escondo esta carta bajo la mesa y me adelanto a abrazarte, me llevás un té caliente para enfermos, me decís que recién llegás y que has tenido un hermoso día. Te vas, sigo escribiendo con el perdón en la pluma por hacerte creer que estoy en otro país, lejos de casa, sin vos. Lo que escribo dejó de tener un lugar, se volvió etéreo, un fantasma nómada, dejó de estar aquí y allá, pero me llevó consigo. Sólo quería decirte que te amo, con el alma.

SUEÑO AL OTRO LADO DEL MAR

Despertó la sombra,
despegándose de su dueña;
estallando hermosa alrededor,
saltando al mar.
Tomó vuelo,
filtrándose en la luz;
haciendo gigantes
los granos de arena.
En su hombre se posó
cobijándole en vez del frío;
y con bello reposo
le amorenó el brillo.
Tomó vida la sombra
y tomó vida el hombre;
juntándose se volvieron una
luz radiante.
Se contaron ríos y orquídeas,
murmuraron;
remaron cuesta arriba,
 colando el sudor de las nubes.
Se despidió la sombra,
dejando una piel morena;
pensando en retornar,
regresó a través del mar.

CANTERA DE RAZONES:
DE UN HOMBRE
Y SU MUSA

Sube las gradas hacia su habitación, cierra la puerta, termina de fumar el cigarro, mira la cama, decide no descansar aún, trae la silla, la ubica cerca de la ventana, se para en ella, recupera el aliento que tantas veces le falta, voltea hacia afuera, sin poder observar realmente nada, piensa un verso de *Mariposas* de Froylan, y luego suspira: *"Las bendiciones en la vida suelen ser antojadizas, nunca suceden cuando se les llama".*

En ese preciso momento la musa mimada que añoraban sus sentidos, llegó a sus recuerdos como rayo que cae en un tronco caído; que en lugar de terminar por completo su vida, le resucita y le inyecta esencia para continuar su existencia. Él notó que ella también buscaba compañía y sin dudarlo se la regaló, casi se la arrojó, como una bala que disparada quema un hombro. Se la lanzó, como los guerreros lanzan sus flechas de odio en el corazón de un inocente; como cuando la era arroja las pautas de vida, como la misma vida que da las pautas de muerte. Fue casi una masacre de compañía.

La maza de piel formaba esculturas de seres alados, algunos juguetones, otros estáticos. Seres que sin saberlo eran juez y parte de la más pura y rica experiencia de amor entre dos terrestres. La eternidad se estaba acercando, por fin estaba logrando trascender, lo que él siempre había soñado se estaba haciendo realidad. Y pensó: "Una deidad bajó del cielo, sin avisarme y ahora un algodón puede golpear al martillo... ¿es posible que una razón pueda ser suficiente?"

Con éste acto él esparciría sus semillas para dar origen a cien familias, familias que harían el cambio, familias que subirían al árbol de donde vinieron y no al planeta en donde nunca estuvieron, que tendrían hambre de paz. Él quería permanecer inmortal, quería ser premiado por el gesto de regalar vida, él quería *Ser*.

Las paredes fueron los únicos testigos de la tormenta de sudor entre los cuerpos de castillo. Nunca estuvo tan cercano lo carnal del mundo espiritual. La musa, al percatarse de los estallidos de júbilo de su compañero, tal cual leyera su mente, decidió no ser parte de tal empresa, consideró que todo rayaba en lo banal, pensó:

"¿Porqué usarme para cambiar el transcurso de la vida si ya está estipulada, porqué tengo que ser la precursora de la perfecta generación? No quiero esto, no deseo trascender ni generar cambios"

Al tocar fondo este pensamiento, algo la rescató de la duda plantada desde los años de su infancia; volvió de su prisión mental y dijo: "no más". Su negación dio vueltas hasta llegar horrorizada al centro del placer y del conocimiento, los pecados mas odiados en su tierra.

Y así se entregó a los recuerdos de su tierra natal. Cuando joven, muchas veces llevó a su órgano motor, el sentimiento de tener al lado a alguien que sustituyera su soledad, que le provocara erizos de piel, que le devolviera el paraíso. Alguien que pudiera cambiarle la vida. Sin embargo, la situación estaba muy lejana de estos sentimientos, era menos que la mentira dicha por el hombre más sabio del pueblo. En ese tiempo de nulos instantes, ella cambiaba los colores de sus pertenencias por cualquier cosa, tratando de encontrarle algún sentido a la vida. Tal vez el rojo de sus labios por el olor a la tierra recién labrada; la negra sombra de su pubis por la dicha de los viejos de la plaza; cambiaba su verde respiración por un poco de su propia sangre, que al final del día tiraba al centro de una tina; cambiaba el gris permanente del cielo por la locura mas despiadada, que a su vez enriquecía la cordura de los demás. Los que huían de la sombra que alguna vez les hizo sentir algo, la sustituían por cuerpos flacos y estériles, llenos de sabor similar a la miel. Ellos, quienes gritaban con ruido ensordecedor para dar a conocer su silencio, apartados de la felicidad pero muy cerca de un recuerdo, todo para cerrarle el paso a ella.

La jefa del hogar ni siquiera fué la última en despedirla, no soportó que su hija se fuera como un rió regalando la dicha que tantas veces escondía. No sería partícipe de la caída de las nubes, si esto no estuviera acorde al régimen de turno. Decidió no ser su madre, le obsequió su espalda y el lomo de un asno, junto a un trío de caminos para andar.

La musa volvía de su trance memorial y se encontraba con ella misma, plena de éxtasis y conocimiento, posada como águila en una alfombra azul, cargada de soles y lunas, susurrando a gritos más atención; con la cabellera canela respirando aromas imposibles, sin poder mencionar algún "basta" para después continuar. Fue allí, en ese lapso, que olvidó la locura impuesta por los altos mandos, al tiempo que acariciaba un fusil imaginario, el redivivo que la ayudaría en su venganza y se sumó a la empresa sin pensarlo.

Él, agotado por tremenda desnudez, logró bebérsela de nuevo, encender un cigarro y volar al ritmo del humo. Orgulloso de su victoria, el hombre vociferó, exclamó triviales argumentos de prepotencia y volvió a ser el mismo de siempre.

Poco tiempo después será ella quien le ordene las ideas; será ella quien le provoque rozar con desesperanza la manía de evitar la muerte; será ella quien lo guíe para encontrar la salida o la permanencia de cualquier lugar; será ella quien entrelace estrellas para inventarse otro cielo y escape de lo mismo, no será él. Será ella quien trascenderá, será ella quien querrá generar el cambio y no él. Ella, quien querrá seguir siendo mujer, tendrá hambre de paz. Después de un tiempo ella querrá *Ser*, a pesar de él.

El hombre retorna de la frenética fantasía, suspira: *"Las bendiciones en la vida suelen ser antojadizas, nunca suceden cuando se les llama"*. Mira la viga del techo, le pasa una cuerda, la prueba con su peso, aprieta un nudo a la altura de su cuello, con el pie izquierdo empuja la silla hacia atrás y se cuelga hasta dejar de respirar.

COMIENZO DEL RESTO DE UNA VIDA

(A mi madre)

Buenos días tenga usted, Señora mía,
quien ha de aventurar la suerte,
como aventura el sol
desde el amanecer hasta el poniente.
Deje que la mente despierte,
 que duerma el alma,
que descanse junto al corazón
 que sueñe, blasfeme y hostigue.
Buen día tendrá Señora mía.
Llegará a usted la alegría,
no corta, ni perezosa,
suficiente para fundar historia.
Permita que fluya el desorden,
no haga más el aseo;
que surjan nuevas dudas,
y que ardan las riendas.
Buen día tenga usted, Señora mía,
que abundante vida fecunde.
El soy permanecerá en su día,
al igual que en su mañana.
Buen día tendrá, Señora mía,
Que la palabra "Ahora",
renazca en su boca
y que calle el "Jamás".
Que la muerte no llegue al hogar
-no la ordinaria-,

que llegue la que se merece,
la que llega por vivir.
Buen día obtendrá
y la primera gota caerá gracias a usted,
Buenos días tenga usted, Señora mía.
Que la dicha llegue a los hijos que nunca tuvo,
gracias a esos otros días, enemigos de usted.
Que el canto llegue a su madrugada,
y que el sueño de despertar
esté presente aunque despierte.
Señora, usted misma, es su día.

LO MÁS PARECIDO
A UNA PRIMAVERA

Se levanta del mueble ya hundido en el centro por su peso, siente ganas de orinar, se dirige al baño. Allí ve a su amigo que ya no es el mismo, aquel capaz de llevar a la luna cualquier sueño, no es igual. Levanta la vista y se observa en el espejo, este, tan sincero como siempre, le cuenta la verdad. Sus ojos caídos y cansados de tanto ver pasar la vida recorren cada arruga de su rostro: siempre que lo hace se descubre una mas. Su bigote y su barba tomaron un tono grisáceo, su cabello, el poco que le queda, es de color nube. Su frente mucho mas larga que hace veinte años no esconde la cicatriz fabricada en la niñez. Frunce el ceño para descubrir que todavía tiene carácter y se ríe por reflejo –pero ríe de verdad–, da gracias a la vida por que la risa nunca se le ha perdido. Sus dientes grandes, blancos y bien cuidados no son más que las prótesis que le pusieron hace algún tiempo, no recuerda cuándo. Después de tanto verse, su mente formula que sigue siendo el mismo, que no ha cambiado, que su espíritu está cada vez más joven, que razona más que antes, que es más honesto consigo mismo, afirma que cada día que pasa lo hace acercarse a su propio origen. ¡Que alguien diga que esto no es enjovenecerse, carajo¡ Se entrega a los recuerdos y la memoria le muestra que una vez escuchó a un poeta decir que las primaveras en el mundo, no importara las latitudes; eran provocadas por la felicidad de muchos, por eso las risas, el amor, los colores y las flores en esta época. Esto para él era raro, él nunca había presenciado una primavera y se consideraba feliz. Su felicidad había sido forjada a base de sucesos que no son precisamente felicidad, pero exigencias que debió cumplir para que naciera ese grandioso -pero efímero- sentimiento. Él reía, hacia el amor con todo, pintaba hasta las paredes y olía flores hasta producirse alergias, pero nunca vivió una primavera. Decidió reflejar felicidad, ésta en ocasiones se acumulaba de tal modo que su corazón se hizo un banco: la guardaba, para llenar los instantes vacíos. Sacaba su poquito y la sentía, pero la primavera nunca aparecía. Llegó a tener tanta almacenada que pensó en regalarla y lo hizo en una campaña regional sistematizada de donación de felicidad. Como se esperaba, esa labor la agotó y ya no tenía más para dar. Un día decidió regalar momentos que la provocaran; esto era mas viable, funcionaba, no invertía salud y su banco no mermaba. En el camino se encontró con otros iguales, se enteró que no era el único que se consideraba feliz y que envidiaba las primaveras. Así decidió vivir lo que le quedaba de existencia, tomó la decisión de morir sin ver la primavera. Ahora, después de tantos años de ver y verse, tiene sueño, duerme su siesta soñando como será cuando llegue al final del túnel y se imagina que ya ha llegado, despierta reconfortado sabiendo que no es así. Vuelve la vista a su esposa, quien vive aun junto a *Cien años de soledad* y le regala un guiño, ella en la fotografía casi nunca le responde el gesto. Se calma y regresa al sofá. De nuevo enciende la televisión, ha aprendido la programación de cada canal, se divierte repitiendo los diálogos de los comerciales, de vez en cuando canta las canciones y les agrega sus propias composiciones, es feliz, nunca imaginó ser tan feliz. Ese espacio de la sala en su casa realmente le pertenece, y no por que gracias a su trabajo haya comprado esa casa, ese mueble, esa televisión. No, no solo por eso, ese espacio es suyo porque es donde inicia y culmina su felicidad, es suyo porque todo lo que ha vivido lo hizo estar allí. Es más que un espacio físico, para él, es el universo donde puede maniobrar con soltura, donde manda y se obedece. Donde no existen guerras, ni odio, donde no hay lugar para la vanidad, ese espacio es la verdadera tierra. En ese sitio no es necesario tener hambre porque siempre hay que comer, no existen límites geográficos, ni políticos entre la cocina y el comedor, entre la ubicación de la mesa de la lámpara y el magnetófono, toda persona puede cruzar la frontera natural que existe entre la entrada y la salida. No se pide visa de inmigrante si se viene de la casa vecina. Siempre hay algo que hacer y no es necesaria una tarjeta de identidad para laborar, allí se existe porque se *es* y no por ser un número.Su mujer con risa burlona lo ve cada vez que se babea encima con los concursos de *Señorita Sarudnoh*, lo observa desde el más allá con ojos de *te estoy esperando*. Pero él se resiste a dejar su gobierno, abandonar lo que ha querido ver en el mundo le resulta difícil, aunque ahora el suyo es reducido, puede ser que sirva de ejemplo y lo copien los demás gobiernos. Es posible repetirlo en otras salas, en otros hogares, en otras tierras; él sabe que vive el final de una larga jornada pero sigue siendo positivo, todavía tiene "güevos" para propagarlo, cada vez que puede lanza semillas de hermandad pensando en un nuevo comienzo, relacionando, que lo que vive ahora, es lo más parecido a una primavera. Sonríe para sí mismo, por ahora deja a un lado los pensamientos, está a punto de dar inicio las noticias de las seis.

REMEDIO PARA LA AMNESIA HISTÓRICA CENTROAMERICANA

Hace algún tiempo que pasó
recuerdo sus enredos y artimañas.
Un tiempo que volverá
si el Pueblo no se desengaña.
Me encuentro con gente dormida
aun tirada en sus sillones
negando nuestro andar
y vacilando con su herida.
¿Porqué, sí es fácil evocar
nuestra memoria se niega a recordar?
¿Porqué delgada cinta, no volvés a caminar?
¿Acaso la piel olvida una quemadura
o la sangre ya no mana de las heridas?
Porqué olvidar, territorio central,
precisa no olvidar recordarlo.
Recordarle a los que olvidan
o que evaden remembrar,
es nuestra razón de lucha y no debe parar.
Pasó, pero que no vuelva a pasar
es la consigna recordar.
Precisa rebobinar
y dejar de olvidar.

Con imágenes plasmadas en detalle, recordar
Caminar a través del tiempo, recordar.
Los que forjamos en papel, recordar.
En lienzo o en partitura, recordar.
Con tal de llevar de nuevo
al que mira pero no ve
al que oye pero no escucha
la magnifica gloria de recordar.

HISTORIA
QUE NO PUDIERON COMPRAR

Existió alguna vez una nación sin fronteras, (a pesar que en la actualidad esto sea inconcebible) donde los oriundos lucían largas cabelleras negras, como las de los animales que cabalgaban y que lograron domesticar. No rendían tributos, excepto a lo originado por su tierra, a la que tenían como madre, hermana y esposa. Hasta que vieron en el horizonte miles de gentes de poca cabellera, empujando largas carretas e hincando estacas en sus madres, hermanas y esposas, a quienes defendieron. Después de un tiempo los caballeros de poca cabellera se impusieron con compras o artimañas. Siguieron estacando y profanando toda la tierra que pudieron y a los oriundos los relegaron a tierras *poco productivas* y con el tiempo les enseñaron a callar y con otro más les compraron licor y diéronles para mantenerlos entretenidos. No fue hasta años después que las madres, las hermanas y las esposas de los oriundos se sacaron las estacas y recuperaron sus tierras.

Y como si la cosa no bastara, los caballeros de poco pelo, ahora con pelucas blancas, con la misma naturaleza con que se asentaron, decidieron levantar cercos y declarar privadas sus tierras; otros del mismo tipo creyéndolas suyas, decidieron botar los cercos. Entre discusiones y otras compras, decidieron -cada bando- declararse víctima y así recuperar los propios intereses. Así pues, los ganadores compraron más tierras y declararon ante su dios, que esas tierras eran suyas y que tenían el derecho de fundarse como "Estado", imponiendo las fronteras. Las posesiones compradas en el territorio atlántico, no les parecían suficientes y decidieron ir a invadir más al norte y más al sur; a esas tierras pertenecientes a otros oriundos con largas cabelleras negras. Fueron grandes regiones las que robaron, pero según ellos compraron; con el tiempo enseñarían a sus descendientes que no se obtuvieron con medios truculentos, sino por sendos negocios.

Unos años después, los hijos y las hijas de los de larga cabellera negra recuperaron las tierras migrando y renaciendo en las mismas.

Diez años bastaron para que el "Estado" autoproclamado comprador, se declarara en alerta y siguiera ocupando tierras, comprando gobiernos y guerras, vendiendo temores. De la misma forma, se proclamaron defensores de la humanidad y asaltaron océanos y continentes, regresando con bolsas llenas de compras. Su gente supo aprovechar las riquezas; crecieron bien, comieron bien, estudiaron bien, trabajaron bien y siguieron comprando; todo esto a costa del resto del mundo, que creció mal, comió mal, no estudió, no trabajó y no pudo comprar.

A lo largo de la historia esos caballeros, que a veces tapaban sus cabelleras con cascos grises, también usaban corbatas estrelladas y volaban a los Estados vecinos para comprar gente y los comprados se volverían voceros y defensores de intereses ajenos para la tierra que los vio nacer; esta traición fue bien recompensada con productos tecnológicos, viajes o dispensas, volviéndose "merecedores" de la distinción de "democráticos" y gobernar para ellos mismos y para los caballeros compradores. Todo aquel en el mundo que no pensara igual que los caballeros, que en ese momento lucían bisoñés bien peinados y brillantes; lo declaraban *non grato*, les enviaban planes de cóndores asesinos, les apuntaban con cohetes, les cerraban las fronteras y les montaban bloqueos. No fue hasta años después que todos los demás Estados del orbe, se declararon finalmente libres y verdaderamente independientes.

Dentro del mismo "Estado", hubo pobladores con mente libre y sin dobleces, quienes defendieron a capa y espada sus derechos, haciendo avanzar a la sociedad y obligando a que la misma imposición que se vendía al exterior no se comprara al interior. Nacían y permanecían movimientos de minorías, que luego fueron mayorías, no sin ganar la muerte de muchos de ellos. Años después, todos los demás pobladores del "Estado represor", levantaron las cabezas y alcanzaron las calles. El "Estado comprador" dirigido por los caballeros de múltiples cabelleras, con tal de mantenerse entronizados en el planeta, compraron mas gente, gobiernos, dinero, calidad, edificios, cerebros, carros, drogas, iglesias, vaginas, botas, tarifas, créditos, bosques, ciudades, países, óvulos, regiones, tetas, fronteras, armas, familias, servicios, licores; más guerras, playas, islas, bancos, secretos, vidas, satélites naturales y artificiales; viajes, ruinas, habanos, misivas, profesiones, poderes, fuerzas, encuestas, libros, canciones, misiles, muertos, ministerios, medicinas, diarios, elecciones, penes, parlamentos, empresas, ferrocarriles, televisoras, derechos y deberes; mas tierras, órganos, inversiones, anos, chalecos, marcas, cuerpos, partidos políticos, desiertos, héroes, univer-sidades, café y petróleo; acaparando un poco mas de lo que pudieron y otro poco de lo que robaron; sin embargo, no fue hasta algunos años después que los caballeros de distintas cabelleras se dieron cuenta que lo que no podían comprar era la dignidad de los Pueblos, pero para su "Estado invasionista", ya era demasiado tarde.